STRAEON MORGAN WYN

Lluniau gan
Bella Woodfield

Plant y Cnau
gan Marian Jones

tud. 3

Morgan Wyn
gan Eirlys Eckley

tud. 15

Symffoni'r Sêr
gan Aled O. Richards

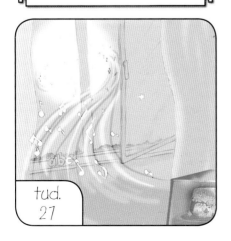

tud. 27

Synpreis Morgan Wyn
gan Afryl Davies

tud. 39

Noddwyd gan Lywodraeth Cynulliad Cymru

Cydnabyddiaeth

Ymgynghorwyr Addysgol:
Eirlys Eckley
Afryl Davies

Golygydd:
Gordon Jones

Dymunir diolch i'r canlynol am eu harweiniad gwerthfawr:
Rhian Heledd Jones
Meinir Thorman-Jones
Catrin James
Magwen Pughe

Diolch i'r ysgolion canlynol am dreialu'r llyfr:
Ysgol Gymraeg y Gwernant, Llangollen
Ysgol Gynradd Cribyn, Ceredigion
Ysgol y Berllan Deg, Caerdydd
Ysgol Gynradd Llanrug, Gwynedd

ISBN:
1-905699-08-5
978-1-905699-08-7

Argraffwyd a rhwymwyd gan Wasg Gomer, Llandysul, Ceredigion, SA44 4JL

Plant y Cnau

gan Marian Jones

Roedd yr haul yn codi ac roedd
Plant y Cnau wedi deffro'n
barod.

Hop hop, sbonc sbonc.
Dros y bont â nhw
i wneud drygioni.

Cawr oedd Ben – cawr, mawr caredig.
Ond rhai bach drygionus iawn
oedd Plant y Cnau! Roedden
nhw'n hoff iawn o wneud
hwyl am ben Ben y Cawr
a gweiddi arno.

Mae sgidiau Ben y Cawr
fel pâr o longau mawr!

Hi hi!

Eisteddai Ben yn dawel ar ei hoff garreg.
Ond roedd Plant y Cnau yn neidio fel
llyffantod, yn sboncio fel cwningod,
ac yn pinsio fel crancod!

Mae menig Ben y Cawr
fel pâr o sachau mawr!

Ho ho!

6

"Rydw i wedi cael digon ar hyn!" meddai Ben yn drist.
"Mae Plant y Cnau o hyd yn chwerthin am fy mhen!
Rydw i am fynd am dro ar hyd y llwybr i gael
heddwch."
Ond dyma Plant y Cnau yn ei ddilyn.

Mae siaced Ben y Cawr
fel carped ar y llawr!

Wedi cerdded yn bell ar hyd y llwybr, roedd Ben yn barod am seibiant. Ond roedd Plant y Cnau yn dal i'w ddilyn, yn dal i dynnu 'stumiau ac yn dal i neidio a sboncio o'i gwmpas!

Mae trowsus Ben y Cawr fel gwaelod pabell fawr!

"Wel wir," meddai Ben, "mae hi'n bwrw glaw yn drwm. Mae storm yn codi."

"O na!" gwaeddodd Plant y Cnau. "Mae'n rhaid i ni redeg adref mor gyflym â'r gwynt! Rhaid cyrraedd y bont cyn i ddŵr yr afon godi!"

Dw i'n casáu'r glaw!

Dw i'n casáu pyllau dŵr!

Mae arna i ofn boddi!

Ond roedd hi'n rhy hwyr. Roedd y bont wedi torri.

"Be wnawn ni?" gwaeddodd Plant y Cnau.

"Fedrwn ni ddim mynd adref!" meddai
Plant y Cnau, gan feichio crio.

"Peidiwch â phoeni.
Peidiwch â chrio," meddai
Ben y Cawr yn garedig.
"Fe gewch chi help gen i."

"Sut alli di'n helpu ni, Ben?"
holodd Plant y Cnau yn syn.

Dyma Ben yn gorwedd dros yr afon.

Dyma Blant y Cnau yn rhedeg, yn neidio ac yn sboncio dros Ben y Bont! Hwrê! Roedd pawb wedi croesi'r bont yn ddiogel!

"Diolch yn fawr, Ben y Cawr,"
meddai Plant y Cnau.

Morgan Wyn

gan Eirlys Eckley

Doedd Morgan Wyn byth yn gallu cysgu!

Byddai'n troi a throsi drwy'r nos.

Gorweddai ar ei gefn.

Gorweddai ar draws y gwely.

A weithiau, weithiau, gorweddai o dan y gwely.

16

"Beth wnawn ni?" meddai mam Morgan. "Edrych arno, mae o'n gorwedd ar sil y ffenest."

"Ydi. Mae'n dweud ei fod e'n edrych ar y sêr a'r planedau," meddai tad Morgan.

Roedd Twm Tatws y gath a Mali'r ci defaid yn edrych ar y sêr a'r planedau hefyd. Gallai Morgan Wyn glywed sŵn – sŵn sisial, mwmian a sibrwd y sêr.

Dyma mam Morgan yn ffonio Nain Aberdaron.

Roedd Nain Aberdaron yn gariad i gyd ac yn meddwl y byd o Morgan.

"Be sy'n bod ar y blewyn bach?" holodd Nain.

"Methu cysgu mae o," meddai Mam.

"Nefoedd yr adar! Methu breuddwydio mae o, mae'n siŵr!"

18

Daliodd Nain y bws i Gaerdydd. Gafaelodd yn dynn yn ei bag llaw – y bag breuddwydion.

Cafodd groeso mawr pan gyrhaeddodd Caerdydd.

Llyfodd Mali ei dwylo. Rhwbiodd Twm Tatws yn erbyn ei choesau.

Rhedodd Morgan ati a gafael yn dynn amdani.

"Nain," meddai, "dw i'n clywed sŵn y sêr!"

"Nefoedd yr adar! Am hogyn clyfar ydi hogyn Nain!"

19

Roedd Nain wedi blino'n lan ar ôl ei thaith hir o'r Gogledd.
"Mae'r hen goesau yma'n glymau i gyd," meddai.
"Cysgu'n gynnar heno felly, Nain," meddai Dad.
Neidiodd Morgan i helpu Nain i fyny'r grisiau a chydiodd yn
ei bag llaw patrymog.
"Ydach chi'n meddwl y bydda i'n cysgu heno, Nain?"
"Cysgu? Mi fyddi di'n cysgu fel twrch mewn dim," chwarddodd
Nain.

"Mae gen i anrheg i ti, Morgan, anrheg arbennig iawn," meddai Nain yn ddireidus.

Tynnodd glustog liwgar allan o'r bag breuddwydion. Roedd lluniau'r sêr a'r planedau'n blith draphlith drosti.

"O diolch, Nain. Diolch!"

"Dw i am i ti roi dy ben ar y glustog yma bob nos. Rŵan ta, cau dy lygaid yn dynn. Dim sbecian, cofia. Dyna hogyn da."

Teimlai Morgan ei lygaid yn mynd yn drwm drwm.
Clywai lais Nain yn mynd ymhellach ac ymhellach i ffwrdd.
Yn sydyn, teimlai'i hun yn codi uwchben ei wely.
Teimlai'n ysgafn fel pluen.
Roedd yn . . . oedd – roedd yn hedfan!

Gafaelodd Nain yn dynn yn ei law. Hedfanodd y ddau drwy'r ffenest agored, allan i awyr y nos.

Roedd goleuadau'n wincian ym mhobman, ac yn y pellter roedd y lleuad yn gwenu arnynt.

"Fan'na mae Huwcyn Cwsg yn byw," meddai Nain. "Ar un adeg doedd o ddim yn gallu cysgu chwaith."

Plymiodd y ddau i gyfeiriad golau llachar Seren y Gogledd a glanio'n bendramwnwgl ar gwmwl glaw boliog, gwlyb!

"O! Mam bach," meddai Nain. "Mae'n rhaid i mi orffwys. Dw i wedi colli fy ngwynt, Morgan bach!"

23

Eisteddodd y ddau yn dawel gan ryfeddu at yr holl blanedau a sêr.
Pob un yn troi a throi gan adael llwybrau llaethog ar eu holau.
O ddyfnder y gofod daeth sŵn cyfarwydd, sŵn sisial, mwmian a
sibrwd, mwmian a sibrwd y sêr.

"Nain, Nain, clywch. Cân y sêr. Clywch, Nain!"

"Bobol bach! Wel ie, symffoni'r sêr ydi'r miwsig yna!

"Sym-ffo-ni'r-sêr ie, Nain? Dyna hyfryd ydi symffoni'r sêr."

"Dim ond pobl arbennig iawn sy'n clywed symffoni'r sêr, Morgan!"

"Ie, Nain?"

"O ie, pwt bach!"

"Dydi Nain ddim yn ei llofft," meddai Mam, gan agor drws llofft Morgan yn araf.

"O jiw, dyma hi. Ma' hi'n cysgu 'da'r crwt. Wedi bod yn dweud storïau di-ri wrtho, mae'n siŵr!" meddai Dad.

Roedd y ffenest yn llydan agored.

Dyna lle roedd Morgan yn cysgu'n sownd.

"Wel wel, ma' fe'n cysgu'n braf!" meddai Dad.

"O, dw i'n falch ei fod wedi mynd i gysgu o'r diwedd," meddai Mam. "Beth yw'r miwsig yna?"

"Miwsig? Pa fiwsig? Alla i ddim clywed dim byd."

Symffoni'r Sêr

gan Aled O. Richards

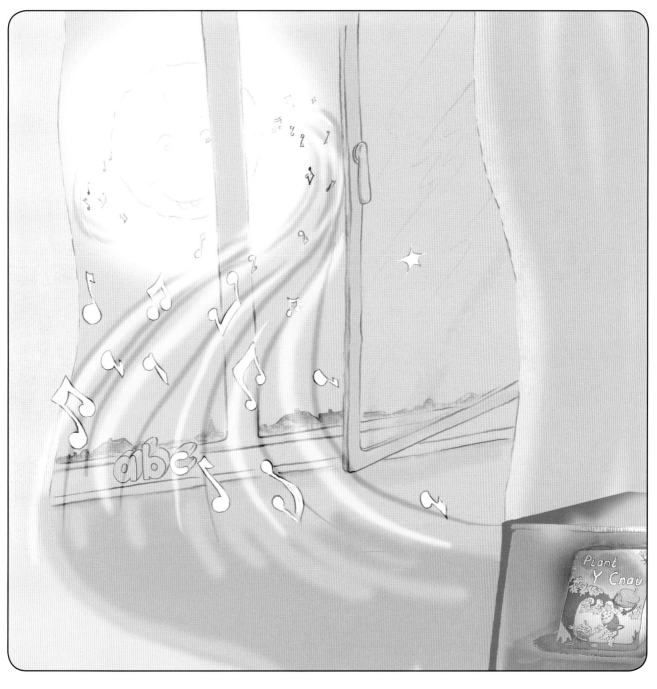

Mae'r blaned fach hon yn rhyfedd yn wir,
Â'i moroedd, â'i thyllau a mymryn o dir.

Dim golwg o blentyn, na dynes na dyn;
Dim 'deryn, pysgodyn, anifail – dim un.
Beth sy'n byw ar y blaned? Dyma'r ateb i ti –
Llythrennau, llythrennau, llythrennau di-ri.

Un diwrnod, heb rybudd, glaniodd bocs ar y tir
Gan roi tipyn o sioc i'r llythrennau bach clir!
"I!" gwichiodd **i** yn ei lais bach main,
A neidio mewn ofn i ganol y drain.
Rhedodd **rh** ar frys i nôl ei ffrindiau
Gyda **ch** yn ei ddilyn, yn chwysu chwartiau.

"Dilynwch chi fi!" gwaeddodd **a** yn groch,
"Mi af i gynta neu mi fydd hi'n draed moch!"
"M . . ." meddai **m**, yn meddwl yn ddwys,
"Rwy'n credu fod hwn yn fater o bwys.
Trowch y bocs ar ei ben a cheisio ei agor
I weld beth sydd ynddo – peidiwch oedi dim rhagor."

Rhoddwyd rhaffau am y bocs gan **f** a **j**,
A clymwyd nhw'n dynn gan **r** a **p**.
Roedd **t** yn tynnu, a **g** yn gwthio;
"Hy!" heriodd **h**, "wnewch chi ddim llwyddo."
Wrth i **ng** a **ph** grafangu a phryderu,
Cododd **c** y caead, ac i mewn neidiodd **u**.

Ar ôl agor y bocs, dyna halibalw!
"Oooo," meddai **o**, "Www" meddai **w**,
"Beth yw e?" holodd **l** ac **th** yn nerfus.
"B-b-bom?" ebe **b**, braidd yn bryderus.
"Na, na," meddai **n**, "nid bom bid siŵr,
Ond cerbyd arbennig i fynd ar y dŵr."

Meddai **d** yn ddoeth, "Na, nid llong ond drwm!"
Cydiodd **ff** yn y ffyn, a'i daro – Bwm! Bwm!
Doedd dim bom yn y bocs i ddychryn llythrennau,
A dim byd mawr cas, dim ond offerynnau –
Rhai â llinynnau, rhai eraill i'w taro,
Pethau i'w chwythu, digonedd i'w plycio . . .

. . . pob math o offeryn i lenwi cerddorfa:
Trwmped, trombôn, corn Ffrengig a thiwba,
Ffidil, fiola, bas dwbwl a sielo,
Baswn, clarinet, ffliwt ac obo,
Tamborîn, triongl, cloch a symbalau –
Popeth yn swnllyd, gan gynnwys y drymiau.

Roedd **ll** wedi creu llwyfan uchel a mawr,
Lle roedd pawb ag offeryn yn eistedd i lawr.
Gwaith **dd** oedd cyfansoddi ei symffoni,

Tasg **s** oedd eu harwain i'w chwarae hi,
Gan greu digon o sŵn i ddeffro pawb byw –
(Heblaw **e** ac **y** oedd yn drwm iawn eu clyw).

Os wyt ti ryw noson yn methu â chysgu,
Does dim angen 'ti gwyno, na troi a throsi.
Gorwedda di'n llonydd yn dy wely bach clyd
A chaea dy lygaid ar brysurdeb y byd;
Gwranda di'n astud ac fe glywi di
Fiwsig swynol y symffoni.

Syrpreis Morgan Wyn

gan Afryl Davies

Roedd Morgan Wyn yn chwarae'n brysur, heb ofid yn y byd. Yn sydyn clywodd lais yn galw.

"Morgan! Ble wyt ti? Tyrd lawr y grisiau, Morgan bach. Tyrd yma, siwgwr gwyn."

Ych a fi! Roedd yn gas gan Morgan glywed ei fam yn ei alw'n bethau fel 'na!

Eisiau rhywbeth oedd hi. Eisiau iddo fynd i aros efo'i Nain, mae'n siŵr, er mwyn iddi hi a Dad gael mynd i jolihoetio eto!

"Rŵan ta, Morgan. Mae gen i a Dad rywbeth pwysig i'w ddweud wrthat ti," meddai Mam. "Syrpreis mawr! Wyt ti'n barod?"

"Wel," meddai Dad, "rydyn ni'n mynd i gael babi bach."

Ych a pych! meddyliodd Morgan Wyn. Dydw i ddim eisiau babi bach yn y tŷ yma. Dydw i ddim eisiau chwaer. Dydw i ddim eisiau brawd. Dydw i ddim eisiau syrpreis. Mae'n gas gen i syrpreisys beth bynnag!

Aeth Morgan Wyn i'w wely y noson honno yn poeni'n arw.
Roedd sawl cwestiwn yn troi rownd a rownd yn ei ben.
Fyddai Mam a Dad yn anghofio rhoi mwythau iddo fo?
Fyddai o'n gorfod rhannu ei deganau?
Fyddai chwaer fach yn swnian a chanu a dawnsio fel Non
drws nesa?
Fyddai brawd bach yn gweiddi a chwyno a chrio fel Twm
drws nesa?

42

Fyddai gan y babi glustiau mwy o faint na'i glustiau fo?
Doedd Morgan Wyn ddim yn hoffi ei glustiau.

Fyddai gan y babi lygaid brown? Roedd Morgan Wyn eisiau llygaid brown fel Non drws nesa.

Beth petai trwyn y babi'n fwy na'i drwyn o? Roedd Morgan Wyn eisiau trwyn mawr, main fel Twm drws nesa.

Beth petai gan y babi newydd frychni haul? Roedd Morgan Wyn eisiau rhai ar ôl clywed Nain Aberdaron yn dweud fod brychni haul yn lwcus!

Y bore wedyn, bu'n rhaid i Morgan fynd i siopa gyda Mam
a Dad i brynu offer ar gyfer y babi newydd.

Dyma nhw'n prynu tedi bach gwyn i Morgan ei roi i'r babi
newydd.

Bobol bach! Be nesa? Roedd Morgan Wyn eisiau cadw'r
tedi iddo fo'i hun, diolch yn fawr!

Roedd popeth yn newid ym myd Morgan Wyn.
Roedd Mam wedi mynd yn dew fel hipopotamws ac weithiau roedd hi'n flin fel cacwn!
Un funud byddai hi'n dweud wrtho, "Rhaid i ti gofio dy fod yn fachgen mawr rŵan!"
Ond pan fyddai Morgan yn gofyn am gael mynd ar ei ben ei hun i chwarae lawr y stryd, byddai Mam yn dweud, "Dim ond pedair oed wyt ti, Morgan Wyn. Rwyt ti'n llawer rhy fach i wneud peth felly!"

O ble ddaw'r babi 'ma? meddyliodd Morgan Wyn. Efallai
o gatalog Mam. Roedd o wedi gweld lluniau o fabis mewn
dillad lliwgar yn y catalog.

Efallai o dan y goeden yng ngwaelod yr ardd. Dyna lle
cafodd Modlen y gath ei chathod bach hi!

Efallai ddaw'r babi o fferm Sam a Nia! Roedden nhw'n sôn
am ŵyn bach newydd drwy'r amser.

46

Pan gododd Morgan Wyn un bore, pwy oedd yno ond
Mam-gu Cwm Tawe.
"Newyddion cyffrous, Morgan," meddai Mam-gu â gwên
fawr. "Mae Mami a Dadi yn dod â'r babi newydd adre
heddiw. Nawr, beth wyt ti'n moyn i frecwast?"
Brecwast? Brecwast! meddyliodd Morgan Wyn. Dydw i ddim
eisiau brecwast!

Amser te, daeth Mam a Dad adref yn y car.

Syllodd Morgan Wyn arnyn nhw'n cerdded ar hyd llwybr yr ardd. Roedd Dad yn cario bwndel mawr gwyn.

Y babi newydd, mae'n siŵr.

Doedd Morgan Wyn ddim eisiau babi!

Doedd Morgan Wyn ddim eisiau brawd!

Doedd Morgan Wyn ddim eisiau chwaer chwaith!

Roedd yn teimlo'n unig ac ar goll.

"Morgan Wyn, ble wyt ti?"

Aeth Morgan Wyn at y bwndel gwyn meddal, fflwfflyd ac edrych i mewn.

Syllodd dau lygad brown fel dwy seren arno.

"Dyma hi Haf – dy chwaer fach di," meddai Mam gan roi mwythau mawr iddo.

"Waw!" gwaeddodd Morgan Wyn gan wenu. "Fy chwaer fach i. Does gan neb yn y byd mawr crwn chwaer fel hon, a fi piau hi!"

Y noson honno roedd Morgan Wyn yn sboncio, dawnsio, canu a gweiddi wrth fynd i'w wely!

Y Diwedd

Dysgu gyda Morgan Wyn

Gartref neu yn y dosbarth

Ar gael nawr! Llyfr gweithgareddau a CD-ROM i gyd-fynd â llyfr darllen **Straeon Morgan Wyn**.

Dewch â bwrlwm byd hudolus Morgan Wyn yn fyw i bob plentyn gan ddatblygu eu sgiliau iaith ar yr un pryd. Trwy gyfrwng cyfres o weithgareddau rhyngweithiol ar y CD-ROM a nifer eang o weithgareddau llafar, darllen, creadigol ac ysgrifennu yn y llyfr gweithgareddau, mae dysgu yn hwyl gyda Morgan Wyn a'i ddychymyg.

Llyfr Gweithgareddau

CD-ROM

£19.99

£12.99

Ar gael yn eich siop lyfrau leol nawr, neu i'w prynu dros y we:

www.b-dag.com